U0114406

作者介绍

嗨，各位亲爱的读者朋友！我就是《奇幻五界》系列魔幻小说绘本的作者，我叫戴宇汀兰，我现在已经是小学六年级的学生了。

您看过我三年级绘著的《奇幻五界（1）——神奇的白雪之莲》吗？您对我的原创绘本满意不？告诉您哟，我就是本系列绘本中的主人翁：小鹰是也！《奇幻五界（2）——消失的纯净水晶》是我四年级创作完成的，大家猜猜，这里又会有哪位主角隆重登场呢？要想知道故事如何，还有什么神秘人物出现？还请您亲自打开绘本，探寻那

其中的精彩片段。

　　嗯，我也剧透一下，本季将有两个新角色出现哦！本集有着不一样的情节，意想不到的结局，更有着别开生面的冒险场面……一切都希望给您带来各种惊讶和惊喜！

　　感谢您的阅读！

五界星来信

继上回"白雪之莲大挑战"之后，我们的五界朋友们又将迎来什么新的任务呢？

水灵仙的宝物"纯净水晶"被人摔碎了，并取走了精元。这块神圣而高洁的"纯净水晶"从此消失了！而我们的老朋友们，他们又将会与哪些新的朋友并肩作战，把"纯净水晶"完好复原呢？又将会碰到哪些困难险阻呢？而让"纯净水晶"消失的神秘人，又会是谁呢？……

亲爱的朋友们，带着重重谜团，让我们翻开《奇幻五界（2）——消失的纯净水晶》，让它为我们一一破解疑问。

神秘的五界星，又将翻开新的一页！

人物介绍

小闪电

鬼族王子，虽然父亲作恶多端，但他心地善良，也是个呆萌的小可爱。

丸子

奇族蛙王子，十分好动，最爱的把戏是扔丸子。

毒枝

毒族平民，生活贫困，为人性格温和，但有时也很懦弱。

鬼王（卷头毛）

鬼族帝王，十分邪恶，在五界星里与异族格格不入，经常欺压百姓。

小鹰

妖界公主，拥有众多魔法，草仙学院三师妹，天真可爱，又有点女汉子的气势。

小金龙

仙界王子，拥有金、木、水、火、土五行魔法，草仙学院大师兄，特爱耍酷，有时会目中无人。

自从"白雪之莲"恢复能量后，小鹰又结交了一个新的好朋友，他是闪电鬼，名字叫"小闪电"。但是小鹰总叫他"鬼鬼"。他是个小捣蛋，每天总是痴痴地傻乎乎地笑。

一天，小闪电在仙宫边玩球，小鹰问："你在玩什么招数？"小闪电一边应答，一边把球朝着仙宫方向扔去，只听见"咣当"一声巨响，他们定睛看去，却有一阵黑风从那边屋顶刮来。

"不好，鬼王！"小鹰拉着小闪电的手，赶紧往妖宫跑去。

　　小鹰把小闪电拉到自己房间，锁好门，转过头冲着小闪电气冲冲的说："你就会捣蛋，现在呆在这，哪里也不许去，我去叫人！"

　　小鹰到了小金龙家，看到小金龙正趴在沙发上，睡着了。小鹰拍了拍小金龙，告诉他刚才发生的情况。

小金龙随着小鹰到了妖宫，他们发现小闪电正在后花园里无聊地练习"电树电花"呢，还好没有给树木花草造成太大伤害。

这时，死鬼飞了过来，她告诉大家鬼王马上要来了。话音刚落，只见一阵黑风刮了过来！

就在鬼王捉住小闪电的那一刻，仙王出现了，他伸出龙脚一捞，救下了小闪电。

清晨，死鬼在扎马尾辫。小鹰去问死鬼，要不要一起去水纯宫。

她们到了水纯宫，隐约地听到水灵仙呜呜的哭声。循声看去，原来是纯净水晶碎了！小鹰说："水晶碎了，粘合起来就好了，别哭！"水灵仙说："不是的，水晶的精元没了，粘合不了！"

眼看快到中午了，小鹰送死鬼回家后，一个人闷闷不乐地在冰川里走来走去。小金龙走近她，"啪"的拍了一下小鹰的胳膊。

　　他们俩坐在冰山上，小金龙得知了水晶精元丧失，若无其事的说："没什么大不了的，精元丢失了可以去找回来！"

　　他们飞下冰山，小鹰摇晃着小金龙说："你说得轻巧，那我们应该怎么做呢？怎样才能找到呢？"她摇得小金龙眼冒金星。

"好了，好了！"小金龙不耐烦地说，"这段时间你住我家，我回去详细告诉你！"小鹰乐呵呵地笑了。

　　睡觉前，小金龙说：“要恢复水晶精元，首先要有很多水能量，再合成精元。只是……”“只是什么？”小鹰迫不及待地问。小金龙说：“我担心鬼王会阻止！”

"对呀！之前白雪之莲的事，就是鬼王从中作怪！上次你立了大功，父王让我把奖章转交给你。"小金龙说。

"哼！"小鹰有点生气了，她走进更衣室，换了衣服，梳理了头发，整个人又精神焕发了。

小鹰去取桂花糕。小金龙又悄悄地在小鹰的汤里多加了一勺盐，然后端起自己的汤，喝了一大口，"啊啊啊，辣辣辣……"

"谁叫你搅乱我的头发，该！"小鹰也端起汤喝起来，"咿呀，汤怎么这么咸啊！"他们都会心的笑了。

　　吃过早饭，他们说说笑笑地走去龙宫。死鬼气喘吁吁地跑过来。小金龙迎了上去，死鬼着急地说："不好了，不好了，小闪电，小闪电被鬼王抓了去了！"

小鹰看见鬼王站在小闪电面前，叨念着要控制小闪电。小鹰冲过去，挡在小闪电前面，大声喊道："住手！"鬼王指着小鹰说："哦，你就是囚禁我的鹰妖嘛，哼！账还没找你算呢！今天正好撞上了！"

　　"那又怎样！" 小鹰理直气壮地说，"你不能禁锢别人的自由，我要守护我的朋友。"鬼王嘴角一提："是吗？呵呵呵呵。" "寒冰利刀！" 他们扭打了起来。

小鹰灵机一动，把装小雁大便的盒子掏出来，往鬼王身上一泼，抓住时机逃跑了。

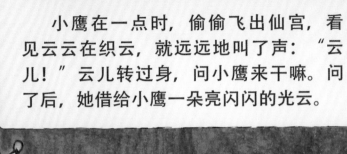

小鹰在一点时，偷偷飞出仙宫，看见云云在织云，就远远地叫了声："云儿！"云儿转过身，问小鹰来干嘛。问了后，她借给小鹰一朵亮闪闪的光云。

同样被控制，但意识清醒的龙卷风恨鬼王。深夜，她想把鬼王一了百了了。

她飞到鬼王房间的窗前，惊奇的发现，鬼王竟然不在。

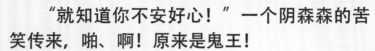

"就知道你不安好心！"一个阴森森的苦笑传来，啪、啊！原来是鬼王！

　　扑通！一个巨型丸子砸到鬼王头上。"是
谁呀！"鬼王怒吼着。

"是本王子！"丸子嘴角一带，"奇界怪兽一族！"他用丸子砸开龙卷风的丝带，和她一起冲着鬼王做鬼脸。

早晨6点，天破晓。小鹰赶到了草仙学院，骑上叶子飞毯，往工具室飞去。花灵仙问："你不是常和小金龙一起吗？"小鹰笑了："他要迟到了！"

还好，小金龙没有迟到多久。我们出发吧！小鹰正在挖宝石，忽然，传来一阵奇怪的声音。

小鹰、小青龙和小金龙
一起去探个究竟。

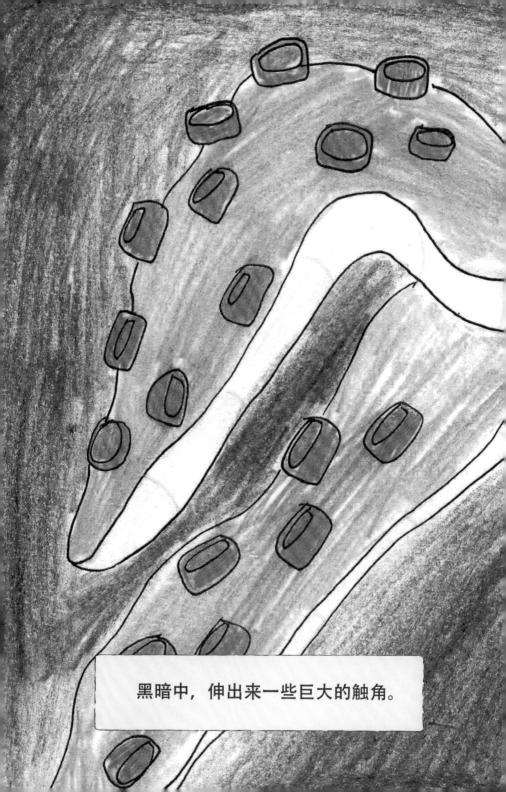

黑暗中，伸出来一些巨大的触角。

小金龙拉开弓："不管你是谁，都不准过来。"

小鷹拍拍小金龍：「它是水系的，可以收集。」「好吧！」

正是中午，花灵仙睡了，小鹰正在看如何收集水能量的书。

小鹰写了封信给小闪电。

小闪电立马给她回了信。

她照着地图找到了小闪电，是岩石层下的一个深洞，用一个石头盖着。

她顺着绳梯往下滑。

明月仙头发好乱。

明月仙起身梳妆打扮。

一个巨型丸子投向鬼王，鬼王一个闪身，躲开了！

丸子说："别以为你的同伙弄破纯净水晶，不会被人知道。"鬼王一听，狼狈逃了。

　　小鹰问丸子："到底是谁呀？""你跟着去了，就知道了。"他们到了毒界的一座小屋前，摁下门铃，开门的是毒枝。

"给你！"毒枝给小鹰拿出一个巨大的水结晶。"哇！纯净水晶有救了！"小鹰说。

小鹰成功复原了纯净水晶。

毒枝成为了草仙学院第十一师弟。

左左心语

　　全新的一部《奇幻五界》新鲜出炉，我要感谢帮助本书"诞生"的人们，是你们的热心、热情，支持、关注……让我有了坚持笔耕书写、绘图创作的动力。今天，《奇幻五界（2）——消失的纯净水晶》终于与大家见面了。

　　读者朋友们，看完本书，是不是一气呵成，是不是先睹为快，是不是有不少冲动和激动。书里的新任务、新朋友，是不是十分令人新奇；从前迷雾叠嶂的毒族，在本书末尾也初揭面纱；在大家都将相信鬼王必是让水晶消失的"幕后黑手"时，一个看似平凡柔弱的小角色出现在洁白的书页之中，让大家都目瞪口呆吧！……

　　下一季《奇幻五界（3）——虚无的魅影森林》，你们将领略到"魅影森林"的诡秘，它将带给你们一次特殊的际遇，步入陌生的地图，发现身边的"新伙伴"，竟然和森林一样，空空洞洞、虚无缥缈……

　　敬请期待！

戴宇汀兰

国家图书馆出版品预行编目资料

奇幻五界——消失的纯净水晶 ／ 左左 著
--初版-- 台北市：少年兒童出版社：2022.5
正體題名：奇幻五界—— 消失的純淨水晶
ISBN：978-986-97136-5-8（精装）

859.9   111006183

奇幻五界——消失的纯净水晶

作　　者：左左
主　　编：张加君
编　　辑：塗宇樵
美　　编：塗宇樵
校　　对：塗宇樵、楊容容、沈彥伶
封面设计：左左、塗宇樵
出　　版：少年兒童出版社
地　　址：台北市中正区重庆南路1段121号8楼之14
电　　话：(02)2331-1675或(02)2331-1691
传　　真：(02)2382-6225
E—MAIL：books5w@gmail.com或books5w@yahoo.com.tw
网路书店：http://bookstv.com.tw/
　　　　　https://www.pcstore.com.tw/yesbooks/
　　　　　https://shopee.tw/books5w
　　　　　博客来网路书店、博客思网路书店
　　　　　三民书局、金石堂书店
经　　销：联合发行股份有限公司
电　　话：(02) 2917-8022　　传　真：(02) 2915-7212
划拨户名：兰台出版社　　　帐　号：18995335
香港代理：香港联合零售有限公司
电　　话：(852)2150-2100　　传　真：(852)2356-0735
出版日期：2022年5月 初版
定　　价：新台币280元整（精装）
ISBN：978-986-97136-5-8

版权所有·翻印必究

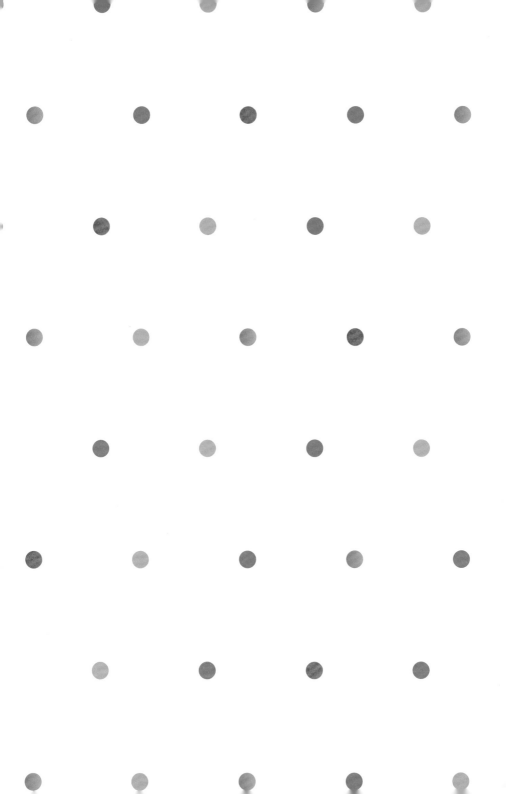

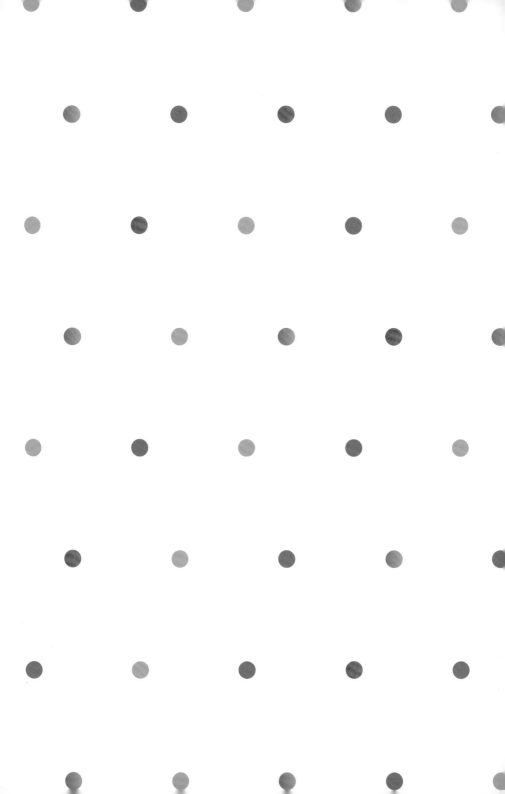

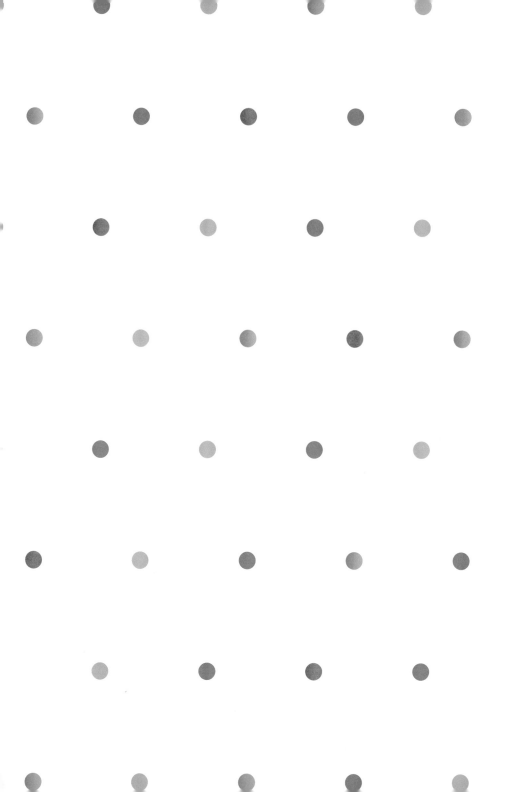